EIN FILM VON
GILLES DE MAISTRE
CHRISTELLE CHATEL

DER
WOLF UND DER **LÖWE**

Bibliografische Information der Deutschen Nationalbibliothek
Die Deutsche Nationalbibliothek verzeichnet diese Publikation in der Deutschen Nationalbibliografie.
Detaillierte bibliografische Daten sind im Internet über http://d-nb.de abrufbar.

Für Fragen und Anregungen
info@m-vg.de

2. Auflage 2023
© 2022 by mvg Verlag, ein Imprint der Münchner Verlagsgruppe GmbH
Türkenstraße 89
80799 München
Tel.: 089 651285-0
Fax: 089 652096

Die französische Originalausgabe erschien 2021 bei Éditions Nathan Sejer, Paris, Frankreich unter dem Titel Le Loup et le Lion. © 2021 by Éditions Nathan. All rights reserved. Roman zum Film Der Wolf und der Löwe von Gilles de Maistre.
© 2021 Mai Juin Productions - Galatée Films - Wematin Productions - Studiocanal - M6 Films / Photo Emmanuel Guionet

Übersetzung: Nadine Lipp
Redaktion: Sybille Beck
Umschlaggestaltung: Sonja Vallant, dem Original nachempfunden Umschlagabbildung und Abbildung Innenteil: Emmanuel Guionet
Model Umschlag: Alice Nussbaum
Layout und Satz: Müjde Puzziferri, MP Medien, München
Druck: Florjancic Tisk d.o.o., Slowenien
Printed in the EU

ISBN Print 978-3-7474-0435-5
ISBN E-Book (PDF) 978-3-96121-833-2
ISBN E-Book (EPUB, Mobi) 978-3-96121-834-9

Wir produzieren
nachhaltig
www.m-vg.de

Weitere Informationen zum Verlag finden Sie unter
www.mvg-verlag.de
Beachten Sie auch unsere weiteren Verlage unter www.m-vg.de

EIN FILM VON
GILLES DE MAISTRE

CHRISTELLE CHATEL

DER WOLF UND DER LÖWE

DER
ROMAN
ZUM FILM

mvgverlag

PROLOG

~

IRGENDWO IN SÜDAFRIKA ...

Über der Savanne geht die Sonne unter. Eine Löwenmama liegt im Gras und füttert ihre beiden Babys. Sobald sie fertig ist, packt sie sie vorsichtig, eins nach dem anderen, und trägt sie ins Gebüsch. Sie wird jetzt jagen gehen, damit sie selbst etwas fressen kann. Ihre Jungen lässt sie, vor anderen Raubtieren gut versteckt, zurück. Zuerst sitzen die beiden zusammengekauert da, dann versucht das eine, ein neugieriges Männchen, seiner Mutter zu folgen; sie verschwindet aber bereits am Horizont. Plötzlich ertönt ein Schuss. Jemand nähert sich. Die kleine Raubkatze schreit verängstigt. Die bedrohliche Gestalt eines Mannes wirft ihren Schatten über das Kleine, und sie hat einen Käfig bei sich ...

KAPITEL 1

~

Noch einmal von vorn, Alma! Konzentriere dich!«
In einem Klassenzimmer des St.-Mary's-Konservatoriums in New York hüstelt die Pianistin, und bewegt dann, ermutigt von ihrem Lehrer, ihre Finger wieder über die Klaviatur. Seit Monaten übt Alma diese Romanze von Mendelssohn. Normalerweise wird sie von der Musik getragen, wenn sie spielt, aber heute zittern ihre Hände leicht vor Aufregung. Das, was sie vor einigen Tagen erfahren hat, beschäftigt sie sehr. Die anderen Schüler sitzen an ihren Tischen, hören zu und warten darauf, selbst dranzukommen.

»Mach weiter …«, flüstert ihr Lehrer, der hinter ihr sitzt.

Almas langes rotes Haar fällt ihr über die Schultern. Nach und nach lässt sie all ihre Gefühle in die Noten fließen. Ihre Darbietung bewegt alle Anwesenden. Ein breites Lächeln erhellt Herrn Mitchels Gesicht, und er unterbricht sie, während sie sich festbeißt …

»Das war sehr gut!«, sagt er. »Du kannst jetzt aufhören.«

Almas Augen leuchten, doch sie ist nicht zufrieden.

»Seit zehn Jahren bereite ich mich auf diesen Wettbewerb vor. Ich übe 20 Stunden pro Woche. Es muss *perfekt* sein!«

Ihr Lehrer beruhigt sie sanft: »Es war perfekt …«

Plötzlich geht die Tür auf.

»Alma, es ist Zeit, aufzubrechen«, verkündet die Oberaufseherin des Internats und hält einen Koffer in der Hand.

Die Schülerin steht auf und verabschiedet sich von Herrn Mitchel. Ein Taxi wird sie zum Flughafen bringen. Bis zu ihrem Ziel in Kanada ist es eine lange Reise. Ihr Herz zieht sich bei dem Gedanken zusammen, dass der Grund ihrer Reise die Beerdigung ihres Großvaters ist. Zum ersten Mal wird er nicht da sein, um sie an diesem wilden und unberührten Ort willkommen zu heißen. Es stimmt sie froh und traurig zugleich, diese Gegend wiederzusehen.

Am nächsten Tag strahlt der Frühlingshimmel und vor Alma entfaltet sich eine atemberaubende Landschaft, genau wie in ihren Erinnerungen. Alma fährt mit dem Motorboot los, und auf dem riesigen See, der von Bergen und hohen Tannen umgeben ist, fühlt sie sich in perfekter Harmonie mit der Natur, genau wie in ihrer Kindheit. Ihre Gefühle überwältigen sie und ihre hübschen bernsteinfarbenen Augen füllen sich mit Tränen, als sie an einer langen Reihe von Booten, großen Segelbooten und kleinen Beibooten, vorbeifährt.

Alma traut sich kaum, den traurigen Blicken der Anwesenden zu begegnen, aber sie winkt allen zu. Freunde und Nachbarn jeden Alters sind gekommen, um ihrem Großvater die letzte Ehre zu erweisen.

»Der Zauberbaum …«, murmelt Alma, als sie das Boot an einer kleinen Bucht anlegt, die von einem Baum mit einer großen Aushöhlung dominiert wird. Hierhin hat sie sich als Kind so gerne zurückgezogen.

Die knorrigen Äste des Baumes sind mit Bändern, Amuletten und Traumfängern geschmückt, und als Alma an Land springt, bemerkt sie den großen Haufen aus Zweigen und Ästen am Fuße des Baumes. Daneben steht ein Mann und wartet auf sie. In seinen dunklen Augen liegt Kraft und Sanftheit; zärtlich blickt er sie an. Mit tränennassem Gesicht eilt Alma auf ihn zu.

»Joe!«

»Prinzessin!«, antwortet ihr Patenonkel und nimmt sie in den Arm.

Dann sieht er sie an. Trotz ihres Kummers strahlt Alma. Sie ist zu einer hübschen jungen Frau herangewachsen.

»Bei deinem Großvater war nichts so wie bei allen anderen«, erinnert er sich liebevoll-neckisch. »Er hat in seinem

Testament festgehalten, dass er sich ein ökologisches Begräbnis wünscht, bei dem sich sein Leichnam in einen Baum verwandelt!«

Alma wischt sich die Tränen aus dem Gesicht und lächelt. »Natürlich am Zauberbaum!«

Ihr Patenonkel gibt ihr ein paar Minuten, um sich zu sammeln, dann begleitet er sie zur Insel, auf der Alma ihr Zuhause finden wird …

~

Im Abendlicht, das sich im See spiegelt, wirkt das zwischen Tannen eingebettete, auf Pfählen stehende Haus märchenhaft. Der Geruch ihrer Kindheit schlägt Alma entgegen, als sie das Wohnzimmer mit seinen hölzernen Wänden voller Bücherregale betritt. Jedes Buch, jeder Nippes, jedes Foto weckt eine Erinnerung in ihr. Auf einem der Fotos trägt ihr Großvater seine blaue Lieblingsmütze und lacht zusammen mit ihr in die Kamera.

»Ich habe ihn so geliebt … Ich hatte nur noch ihn«, flüstert Alma.

»Na, na, und was ist mit deinem alten Patenonkel?«, neckt sie Joe und tut beleidigt.

Dann kündigt er an, dass er etwas für sie habe, und lässt sie für einen Moment allein im Wohnzimmer zurück. Während sie auf ihn wartet, schiebt Alma den leeren

Lehnstuhl ihres Opas hin und her, als – *tack-tack* – ein Geräusch ihre Aufmerksamkeit erregt.

»Noisette!«, ruft sie und schaut auf das kleine mechanische Eichhörnchen, das sich über den Boden bewegt.

»Erinnerst du dich?«, fragt Joe. »Und das habe ich auch noch für dich«, fügt er hinzu, »eine Nachricht, die dein Großvater aufgezeichnet hat.«

Er reicht ihr eine Kamera. Zutiefst gerührt und plötzlich eingeschüchtert bewegt Alma sie in ihren Händen hin und her.

»Bleibst du ein wenig hier?«, fragt ihr Patenonkel.

»Nein, ich muss mich weiter auf meine Prüfungen vorbereiten …«, antwortet Alma mit einem traurigen Zug um den Mund.

»Gut, dann hole ich dich morgen um sechs Uhr ab und fahre dich zum Flughafen, in Ordnung?«

Alma nickt, versunken in den Anblick des Sees, der sich auf der anderen Seite der Veranda so weit erstreckt, wie das Auge reicht. Der bunt angemalte Flügel scheint sie zum Bleiben auffordern zu wollen, aber sie weiß, dass sie nach New York zurückkehren muss.

»Soll ich heute Nacht hier schlafen?«, fragt Joe, aber Alma schüttelt verneinend den Kopf.

»Auf ›meiner‹ Insel kann mir nichts passieren!«, scherzt sie.

Doch kaum ist Joe weggefahren, nimmt der Wind an

Fahrt auf und große schwarze Wolken türmen sich am Himmel. Alma hockt sich vor den Kamin, um ein Feuer anzuzünden. Aus dem Augenwinkel schaut sie auf die Kamera, die auf dem Sofa liegt. Mit zugeschnürter Kehle und in eine Decke eingewickelt, beschließt sie schließlich, sich das Video anzusehen, das ihr Opa für sie aufgenommen hat. Er erscheint auf dem Display. Das Video ist hier, in diesem Wohnzimmer, aufgenommen worden …

»*Meine blaue Fee …*«, beginnt der alte Mann.

Alma lächelt und weint gleichzeitig.

»*Wenn du dir dieses Video ansiehst, dann heißt es, dass ich diese Erde verlassen habe. Aber dich werde ich nie verlassen. Du trägst ein bisschen von mir in dir und ein bisschen von deinem Vater und von deiner Mutter.*«

Alma blickt sehr bewegt auf seine Hände. Ihr Großvater starrt sie mit seinen lachenden blauen Augen an und fährt fort: »*Erinnerst du dich an das kleine mechanische Eichhörnchen?*«

Alma nickt.

»*Ich habe es dir geschenkt, als du das erste Mal eine schlechte Note bekommen hast. Und zwar deswegen, weil du damals zum ersten Mal gesagt hast, was du wirklich dachtest! Nur du allein weißt, was gut für dich ist. Wann immer du Zweifel hast, schau dir Noisette an und erinnere dich daran.*«

Inzwischen kann Alma ihr Schluchzen nicht mehr

unterdrücken, aber ihr Großvater lenkt sie ab, indem er die Kamera bewegt.

»Ach, das hätte ich beinahe vergessen!«, fügt er lachend hinzu. »Ich habe seit einer Weile eine neue Freundin. Schau, da ist sie …«

Alma bewundert auf dem Display das Tier mit dem weißen Fell, das sich auf dem Bootsanleger nähert. Eine Wölfin!

»Sie ist alles andere als zahm, aber sie kommt oft in die Nähe des Hauses. Hab keine Angst vor ihr …«

Alma schaut zum Fenster. Ist diese Freundin heute Nachmittag hier gewesen? Ihr Großvater richtet die Kamera wieder auf sich. Dann sagt er diese letzten Worte, zärtlich und ernst: »*Ich liebe dich, meine blaue Fee. Ich bin immer für dich da.*«

KAPITEL 2

In der von Blitzen erleuchteten Nacht kommt ein kleines Flugzeug den Tannen auf der Insel gefährlich nahe. Alma sieht es nicht. Sie hat sich auf der Veranda ans Klavier gesetzt und ist noch ganz überwältigt von dem Video, das ihr Großvater ihr hinterlassen hat. Sie lässt ihre Finger über die Tasten gleiten, als sie plötzlich von einem Knall, lauter als ein Donnerschlag, unterbrochen wird. Sie hebt den Kopf und sieht mit Schrecken, dass ein zweimotoriges Flugzeug in der Ferne zwischen Baumkronen steckt und brennt.

»Oh nein!«, keucht sie.

Schnell zückt sie ihr Handy, um Hilfe zu rufen.

»Kein Empfang!«, empört sich Alma.

Sie öffnet die Verandatür, aber der Wind ist zu stark und es regnet heftig. Was soll sie jetzt am besten tun?

Alma läuft im Wohnzimmer im Kreis und versucht erfolglos, Joe anzurufen. Sie zögert, ob sie nicht doch hinausgehen sollte. Dann sieht sie zu ihrem Großvater auf einem der Fotos.

»Du hast recht, das wäre dumm und gefährlich«, flüstert sie ihm zu.

Und dann geht sie nach oben, um sich hinzulegen. Trotz des Donnergetöses, des Sturms und der Angst schläft sie ziemlich rasch ein. Am nächsten Morgen wird sie zur Unfallstelle gehen …

Nach dieser stürmischen Nacht findet der Wald mit den ersten Sonnenstrahlen wieder zur Ruhe. Die Wölfin, die Freundin von Almas Großvater, läuft durch das Dickicht. Sie erschnuppert den Geruch von Fleisch und entdeckt am Fuße eines Baums ein paar Fleischbällchen. Die Wölfin ist misstrauisch, aber die Versuchung ist zu groß. Sie nähert sich dem Fressen und plötzlich schließt sich ein Netz um sie!

Ein paar Hundert Meter weiter sind zwei Männer auf der Lauer. Der eine, Charles, beobachtet die Gegend mit seinem Fernglas, als sein Handy piept.

»Falle 34«, verkündet er und zeigt seinem Partner Eli das Gerät. Eli springt auf vor Freude.

»Du bist wirklich der beste Fährtenleser, Charles!«, ruft er aus.

Und schon marschieren sie los … Eli ist nicht sehr gut darin, den Brombeersträuchern auszuweichen, und er

schwitzt hinter seiner runden Brille. Auf diesen Moment hat er schon so lange gewartet!

Doch als sie die Falle erreichen, müssen sie feststellen, dass das Tier entkommen ist. Charles hebt das am Boden liegende Stück Netz auf und scannt die Umgebung.

»Grrr! So ein Mist!«, sagt Eli, als der Fährtenleser frische Pfotenabdrücke im Schlamm anzeigt.

»Sie führen in Richtung See«, sagt Charles.

Mit pochendem Herzen rennt Eli hinter ihm her, und plötzlich sieht er »sie« am Ufer …

»Es ist die Schneewölfin!« Er kann seine Begeisterung kaum zurückhalten.

Charles spannt sein Betäubungsgewehr, aber vor lauter Aufregung legt Eli plötzlich eine Hand auf die Schulter seines Begleiters, der sodann sein Ziel verfehlt.

»Na toll …«, knurrt Charles, als die Wölfin trotz des Netzes, das in Teilen noch an ihrem Körper hängt, ins Wasser springt und hektisch zum anderen Ufer schwimmt.

»Entschuldige, ich habe Regel Nummer eins vergessen«, jammert Eli. »Wenn du zielst, darf ich dich nicht anfassen!«

»Verlier die Wölfin nicht aus den Augen«, ordnet Charles an. »Ich suche nach einer Möglichkeit, wie wir übersetzen können.«

Zur gleichen Zeit an der Absturzstelle hat das Flugzeugwrack aufgehört zu brennen. Die Sanitäter sind mit dem Piloten weggefahren, doch hoch oben in einer Baumkrone haben die Förster eine Kiste übersehen. Sie stammt aus Afrika. Zwischen zwei Ästen eingeklemmt, befindet sich darin ein kleiner Passagier. Er schlägt mit seinen Pfoten gegen die Wände der Kiste, um sich zu befreien. Plötzlich gibt das Schloss nach. Das kleine Tier rutscht und fällt ... in ein Nest! Im Warmen, neben den Eiern, die bald schlüpfen werden, schläft es ein ...

~

Nicht weit davon entfernt geht Alma unter den Bäumen entlang. Sie ist heute früh aufgebrochen, um nach dem abgestürzten Flugzeug zu suchen. Sie trägt die Lieblingsmütze ihres Großvaters und seinen alten Parka und saugt die Gerüche des Waldes in sich auf. Plötzlich bleibt sie stehen.

Sie hat eine weiße Wölfin erspäht. Um den Körper des Tieres hängt ein Netz, das sich an einem Ast verfangen hat. Je stärker die Wölfin zieht, desto enger zieht sich das Netz um ihren Unterkörper. Alma gerät in Panik. Sie ist hin- und hergerissen zwischen dem Wunsch, dem wilden Tier zu helfen, und ihrer Angst vor ihm. Als sie das Klappmesser in ihrer Jackentasche spürt, umfasst sie es fest.

»Bist du Opas Freundin?«, flüstert sie. »Was ist denn passiert?«

Die Wölfin knurrt. Es scheint unmöglich, sich ihr zu nähern. Plötzlich beruhigt sie sich, streckt die Schnauze vor und schnüffelt. Alma wird klar, dass die Wölfin einen Geruch erkennt, der den Parka durchdringt – den Geruch ihres Großvaters!

Sie zieht den Parka schnell aus und hält ihn der Wölfin hin; diese vergräbt ihre Schnauze darin. Dann legt sie ihn auf den Boden und geht vorsichtig um das Tier herum, um das Netz, in dem sie feststeckt, zu zerschneiden. Sobald sie befreit ist, huscht die Wölfin so schnell wie der Blitz in die Büsche und läuft davon. Alma seufzt erleichtert.

»Was für eine Begegnung«, denkt sie erstaunt, während sie weiter durch den Wald geht.

In ihrem Kindheitsparadies ist die Natur so schön wie eh und je, aber dieser magische Moment wird unterbrochen. Zwei Männer, einer mit einem Gewehr und einem Netz über der Schulter, kommen auf sie zu: Eli und Charles.

»Was machen Sie hier?«, fragt Alma. »Das ist eine Privatinsel.«

Eli rückt die Brille auf seiner Nase zurecht und antwortet: »Wir sind auf der Suche nach einer Wölfin.«

»Ah, Sie sind es, die versucht haben, sie in eine Falle zu locken!«, ruft Alma aus. »Na großartig!«

Eli, der ihren ironischen Ton nicht bemerkt, drängt

sie, ihnen zu sagen, in welche Richtung das Tier gelaufen ist.

»Niemals!«, antwortet Alma. »Ich verachte Jäger.«

»Wir sind keine Jäger … wir sind Forscher«, korrigiert Eli, entwaffnet vor dieser schönen jungen Frau, deren bernsteinfarbene Augen ihn anblitzen.

Während Charles auf seine Stiefelspitzen starrt, fährt er fort: »Ich leite ein Programm zur Wiederansiedlung eines der seltensten Tiere der Hundefamilie: *Canis lupus arctos*, besser bekannt als Schneewolf, und …«

»Sie fangen Tiere ein, um sie wieder in die Wildnis zu bringen?«, unterbricht ihn Alma. »Das ist völlig unlogisch!«

»Nein, nein«, erklärt Eli. »Ich werde es Ihnen erklären. Im Grunde geht es darum: Wenn Sie wollen, dass Ihre Kinder die Chance haben, einen Schneewolf zu sehen …«

»Ich will nur, dass Sie von meiner Insel verschwinden!«

Charles und Eli tauschen verlegene Blicke aus, nicken und sehen ihr zu, wie sie mit sicherem Schritt weggeht.

»Wie charmant!«, sagt Eli zähneknirschend.

Sie sehen es nicht, aber Alma lächelt, überrascht von ihrem selbstbewussten Auftritt.

KAPITEL 3

N ach ein paar Minuten Fußmarsch steht Alma bestürzt an der Unfallstelle. Teile des ausgebrannten Flugzeugs liegen verstreut auf dem Boden oder hängen in den Ästen. Sie steht unter Schock. Plötzlich lässt der schrille Schrei eines Adlers sie zu einer Baumkrone aufschauen.

Der wütende Vogel landet in seinem Nest, das von einem Eindringling besetzt ist: einem verängstigten Löwenjungen!

»Oh!«, ruft Alma, als die kleine Katze verängstigt zurückweicht und … in ihre Arme fällt.

Das Jungtier schaut Alma mit seinen grauen Augen ebenso überrascht an, dann kuschelt es sich an ihren Schal. Sie wagt es nicht, sich zu bewegen.

»Keine Panik, das ist nur ein Löwenbaby, das gerade vom Himmel gefallen ist«, sagt sie zu sich selbst und schließt und öffnet zweimal die Augen, um sicherzugehen, dass sie nicht träumt.

»Warum warst du denn in diesem Flugzeug? So weit weg von zu Hause?«, flüstert sie ihm zu.

Das Junge stößt kleine Laute aus, und Alma wiegt und beruhigt es. Jetzt kann sie nur noch eines tun: es nach Hause tragen. Während sie zurück zum Haus geht, merkt sie nicht, dass ihnen ein Tier folgt …

»Willkommen bei …« Alma beendet den Satz nicht. Kaum hat sie die große Glastür aufgeschoben, schleicht die Schneewölfin an ihr vorbei ins Wohnzimmer. Sie hat etwas im Maul und versteckt sich sofort unter dem Schreibtisch. Alma legt das Löwenbaby, das noch in ihrem Schal eingewickelt ist, behutsam aufs Sofa.

»Was ist denn los, meine Schöne?«, fragt sie die Wölfin.

Sie geht in die Hocke, um zu sehen, was das Tier macht, aber sie kann nichts sehen. Sie holt sich eine Taschenlampe und reißt sogleich erstaunt die Augen auf. Ein niedliches Wolfsjunges ist an seine Mutter gekuschelt und saugt an einer Zitze. Alma kann es nicht fassen. Sie sieht zu ihrem Großvater, der sie von dem gerahmten Foto auf dem Tisch aus anlächelt und zu sagen scheint: »Vertrau mir.« Dann setzt sie sich neben das Löwenbaby aufs Sofa.

Sie ist ziemlich durcheinander. Das ging alles so schnell! Sie muss mit Joe sprechen …

Auch beim x-ten Versuch findet ihr Handy kein Netz. In diesem Moment klopft es an der Verandatür.

»Joe!«, ruft sie und geht ihm entgegen. »Ich habe hundertmal versucht, dich zu erreichen!«

»Oh, das tut mir leid, Prinzessin!«

Er hat einen Funksender dabei.

»Hier gibt es kein Netz, außer in der Mitte des Sees«,

erklärt er. »Ich hätte dich nicht allein lassen dürfen. Du hast wahrscheinlich einen ziemlichen Schrecken davongetragen, als das Flugzeug abgestürzt ist.«

»Ach, du kannst dir nicht vorstellen, was mir passiert ist«, entgegnet Alma.

Sie macht ihm ein Zeichen, ihr ins Wohnzimmer zu folgen. »Schau mal unter den Schreibtisch«, fährt sie fort und leuchtet mit ihrer Taschenlampe auf den Boden.

Joe wird stutzig, beugt sich vor und schreckt zusammen, als er die Wölfin und ihr Junges sieht.

»Heiliger Bimbam! Was ist …«

»Eine Freundin von Großvater«, antwortet Alma. »Sie war völlig verängstigt und hat mit ihrem Baby hier Zuflucht gesucht. Und auf dem Sofa liegt ein Löwenjunges …«

»Wa… Wie bitte?!«, stottert ihr Patenonkel verblüfft, als er das Katzenjunge sieht, das seine Pfoten auf die Armlehne gelegt hat.

Alma erzählt ihm, dass dieser kleine Überlebende des Flugzeugabsturzes ihr buchstäblich in die Arme gefallen ist. Joe schüttelt den Kopf.

»Das ist nicht weiter verwunderlich, dass sich im Haus deines Großvaters so verrückte Dinge zutragen«, räumt er mit einem amüsierten Lächeln ein. »Der große Verteidiger der Tier- und Pflanzenwelt!«

Dann nimmt er seine Patentochter mit nach draußen, um ihr eine kleine Standpauke zu halten.

»Du kannst diese wilden Tiere nicht behalten«, schnaubt er. »Ruf die Förster an. Sie werden wissen, was zu tun ist, und sich um sie kümmern.«

In ebendiesem Moment nähert sich ein Boot mit drei Beamten dem Bootsanleger.

»Mist! Da ist eine Frau, die … ich kenne«, stammelt Joe und wird ganz nervös. »Sie darf mich nicht sehen, es ist … kompliziert.«

»Verstehe, du Herzensbrecher! Mehr brauchst du mir nicht zu sagen«, macht sich Alma über ihn lustig.

Dann wirft sie ihrem Patenonkel einen Handkuss zu,

und dieser fährt mit gesenktem Kopf in seinem Boot davon, um den Blicken der Försterin zu entgehen. Letztere schaut ihn amüsiert an, bevor sie mit ihren Kollegen in der Nähe des Bootsanlegers andockt.

»Frau Alma de Ranquel?«

Alma nickt.

»Unser herzliches Beileid. Ich bin Agent Jack Simpson, und das ist Ysae Richardson von der Wildtierbehörde. Wir stören Sie hoffentlich nicht?«

»Ganz und gar nicht. Guten Tag«, sagt Alma ein wenig verwirrt. »Es ist etwas wirklich Unglaubliches passiert ...«

»Ich weiß«, unterbricht Jack sie. »Dieser Flugzeugabsturz ist schrecklich, aber zum Glück ist der Pilot unverletzt. Wir haben alles unter Kontrolle.«

»Es gibt nur noch ein kleines ›Detail‹, das wir klären müssen«, sagt sein Kollege. »An Bord des Flugzeugs befand sich ein kleiner Löwe für einen Zirkus, und der wurde noch nicht gefunden ...«

»Ein Zirkus?«, ruft Alma schockiert aus.

Wie ihr Großvater hat sie das Schicksal der Tiere in Zirkussen immer verabscheut. Hinter dem Glas der Veranda beobachtet ihr kleiner Flüchtling sie, ohne zu ahnen, dass sein Schicksal gerade verhandelt wird.

»Geht es Ihnen gut?«, fragt Agent Simpson besorgt.

»Ja, ja, mir geht es gut.«

Ysae händigt ihr ihre Karte aus und bittet sie, ihr Bescheid

zu geben, wenn sie etwas erfährt oder bemerkt, während sie auf der Insel ist.

»Der Zirkus muss wissen, was mit dem Jungtier passiert ist«, sagt sie. »Ob es lebt oder tot ist …«

Als Alma diese Worte hört, erschaudert sie. Nachdem sie die Ranger verabschiedet hat, fasst sie einen Entschluss: Sie wird ihnen auf keinen Fall den kleinen Löwen aushändigen.

KAPITEL 4

⁓

Zurück im Haus, stellt Alma erstaunt fest, dass das Löwenjunge eigenständig einen Weg gefunden hat, zu Nahrung zu kommen. Unter dem Schreibtisch, an die Wölfin gekuschelt, saugt es gierig neben dem Wolfsjungen. Alma hat Tränen in den Augen.

»Du hast nun ein weiteres Baby, wie mir scheint«, flüstert sie der Freundin ihres Großvaters zu.

Dann geht sie die Treppe hinauf in das Zimmer, in dem ihr Großvater sein Tierschutzarchiv aufbewahrt hat. Es enthält Artikel über Zirkusse, die bestätigen, was Alma über die Misshandlung von Tieren befürchtet hatte. Es ist ein Zeichen, dass dieses Löwenjunge ihr in die Arme gefallen ist: Sie muss es beschützen. Sie wird sich um es kümmern und um die beiden Wölfe, die in ihrem Haus Zuflucht gefunden haben.

»Hey, ihr seid ja schon Freunde! Das ist ja schnell gegangen, wirklich toll!«, sagt sie amüsiert zu dem kleinen Löwen und dem Wolfsbaby, die sich gegenseitig jagen und beschnuppern.

Kurzerhand lässt Alma ihre Schützlinge im Haus, während sie losfährt, um ihrem Patenonkel mitzuteilen, dass sie heute Abend nicht nach New York zurückkehren wird …

Mit einem breiten Lächeln im Gesicht überquert sie im Boot ihres Großvaters den See. In Joes Garten angekommen, ist sie überrascht, ihn schlafend vorzufinden.

»Buh!«, sagt Alma.

Ihr Patenonkel wacht mit einem Schreck auf, was sie zum Lachen bringt.

»Prin… Prinzessin!«, stammelt er. »Wie schön, dich zu sehen!«

Seine Patentochter teilt ihm mit, dass sie eine Zeit lang auf ihrer Insel bleiben wird.

»Das freut mich«, sagt Joe und beobachtet mit freundlichen Augen ihr strahlendes Gesicht.

»Na, dann lasse ich dich jetzt mal wieder deinen Beschäftigungen nachgehen«, neckt Alma ihn. »Bis später!«

»Ja, bis später, Prinzessin …«, erwidert Joe. Als sie gerade wieder ins Boot steigen will, ruft er ihr zu: »Und die Tiere?«

»Die Tiere?« Alma tut überrascht. »Ach ja …«

»Ist alles geklärt?«, fragt Joe.

»Selbstverständlich!«, antwortet Alma.

Sie redet sich ein, dass das in gewisser Weise ja auch stimmt. Das Wolfsjunge und das Löwenjunge haben sich sofort angefreundet, und sie haben eine Mutter, die sie füttert!

⌁

Die Tage vergehen. Alma übt am Klavier und sieht den beiden Jungtieren zu, wie sie spielen und die Natur um sich herum entdecken. Sie nimmt sie mit in den Wald und zeigt ihnen sogar die Holzhütte, die sie mit ihrem Großvater

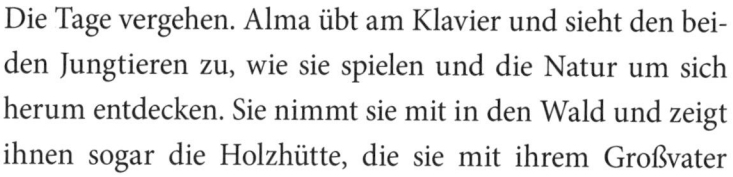

gebaut hat. Alles ist noch intakt: der kleine Tisch und die Stühle, ihr Spielzeug, ihre Schubkarre ...

»Na, gefällt euch mein Haus?«, fragt Alma amüsiert, während der kleine Löwe und der kleine Wolf sich im Bach schütteln.

Sie weichen einander kaum von der Seite, schlafen zusammen, streiten um einen Stock oder kuscheln miteinander. Alma hat sich schon lange nicht mehr so glücklich gefühlt. Sie schläft in der Sonne ein, ihre kleinen Schützlinge an sie gekuschelt. Sie hat das Gefühl, dass ihnen vier – der Wölfin, den Babys und ihr – auf dieser Insel, auf der ihr Großvater noch immer über sie wacht, nichts passieren kann.

⌒

Doch einen Monat später muss sich Alma wieder der Realität stellen. Ihr Wettbewerb findet am nächsten Tag in New York statt. Es ist ein zu wichtiger Moment in ihrem Leben, um nicht hinzufahren.

»Ihr müsst allein zu Hause bleiben«, sagt sie zu den Tieren. »Aber keine Sorge, ich bin in zwei Tagen wieder da!«

Die Wölfin beobachtet sie, wie sie die Treppe hinaufsteigt und ihren Koffer runterträgt. Alma achtet darauf, dass ein Fenster des Wohnzimmers zur Veranda offen steht, das nur die Wölfin erreichen kann, damit sie problemlos kommen und gehen kann.

»Perfekt!«, sagt Alma, während sie zusieht, wie die Wölfin bereits in Richtung Wald läuft.

Auf dem Wohnzimmerteppich zerbeißt das Löwenjunge die Ohren eines Teddybären und das Wolfsjunge knabbert an einem Stock. Beide scheinen viel weniger Angst zu haben als Alma.

»Stellt das Haus nicht auf den Kopf«, sagt die junge Pianistin, »und wünscht mir Glück!«

Dann geht sie, ohne sich noch einmal umzudrehen, zu ihrem Boot. Ihr ist ganz eng ums Herz.

KAPITEL 5

∼

A uf dem Flur, der zum Probensaal des St.-Mary's-
Konservatoriums führt, warten die Kandidaten, bis
sie an der Reihe sind.

»Der große Tag ist gekommen!«, verkündet ihr Kla-
vierlehrer, der gekommen ist, um sie zu unterstützen. »Ihr
habt alle jahrelang hart gearbeitet, aber nur die drei besten
unter euch werden ausgewählt, um dem Sinfonieorchester
Los Angeles Philharmonic beizutreten …«

Mehrere Gesichter wenden sich Alma zu, die unbeholfen
lächelt, während sie ihre Partitur in die Hand nimmt. Sie ist
eine der Favoritinnen, das weiß jeder.

»Euer Traum kann wahr werden!«, ermutigt Herr Mitchel
seine Schüler. »Jetzt müsst ihr nur noch eins tun: euer Bestes
geben.«

Und dann fordert der Lehrer Sabrina, die erste Kandidatin,
auf, sich der Jury zu präsentieren. Alma ist ganz in sich
gekehrt. Sie kann es kaum glauben, dass ihr Vorspielen
unmittelbar bevorsteht. Es ist fast unwirklich. Sie berührt
die Ecken ihres Notenheftes, die das Löwenbaby mit seinen

Reißzähnen abgerissen hat. Sie gehört woandershin, das spürt sie ganz genau, seit sie wieder auf ihrer Insel gewohnt und diese Tiere getroffen hat, die im Begriff sind, ihr Leben auf den Kopf zu stellen.

Ein paar Minuten später wird sie aufgerufen. Als sie den Saal betritt, vermeidet Alma den Blickkontakt zu den Jurymitgliedern, die vor der Bühne sitzen. Sie setzt sich ans Klavier, schließt für einen Moment die Augen und weiß, woher ihre Gefühle kommen werden, sobald sie die Tasten berührt …

Tausende Kilometer entfernt ist die Schneewölfin auf die Jagd gegangen. Sie ist sorglos, aber zwei Männer haben seit ihrer letzten Begegnung nicht aufgehört, sie zu verfolgen. Charles und Eli glauben, dass sie träumen, als sie sie auf der anderen Seeseite entdecken. Das Wasser ist an dieser Stelle sehr flach. Die Wölfin ist ganz in der Nähe!

Charles spannt sein Gewehr und feuert einen Betäubungspfeil ab. An der Seite getroffen, taumelt das Tier und fällt zu Boden.

Als er sich der Wölfin nähert, kann Eli es immer noch nicht glauben, dass die Wölfin schlafend neben ihm liegt.

»Wo warst du denn die ganze Zeit, meine Schöne?«, flüstert der Forscher ihr zu, während er sie streichelt.

Charles legt ihr ein Funkhalsband um. Dann tätschelt er Elis Hand.

Sie haben es endlich geschafft! Sie haben eines der letzten Exemplare des Schneewolfs, des *Canis lupus arctos*, gefangen!

~

In New York gibt der Vorsitzende der Jury nun die Ergebnisse des Wettbewerbs bekannt.

»Und die dritte Person, die für das Los Angeles Philharmonic ausgewählt wurde, ist … Alma de Ranquel!«

Die junge Pianistin lächelt ihren applaudierenden Mitschülern und ihrem Lehrer zu. Sie ist sehr bewegt und fragt sich, was sie nun tun soll …

Tags darauf im Flugzeug überlegt sie, was die beste Lösung für den kleinen Löwen wäre. Und für die Wölfin und ihr Junges. Werden sie den heranwachsenden Löwen auch in Zukunft an ihrer Seite akzeptieren?

Zurück auf der Insel, eilt Alma zum Bootsanleger. Sie kann es kaum erwarten, ihre Schützlinge wiederzusehen, aber als sie die Tür zum Haus öffnet, erwartet sie eine Überraschung.

»Was … Was ist denn hier passiert?«, stammelt sie

entgeistert, als ihr im Wohnzimmer eine riesige Wolke aus Federn entgegenweht.

Der kleine Löwe und der kleine Wolf haben die Kissen aufgerissen, das Sofa zerfetzt, Gegenstände umgeworfen … Sie laufen durch das Chaos, einer trägt einen Schuh im Maul herum, der andere hat einen Schal im Schlepptau. Alma ist erleichtert, dass sie wohlauf sind. Doch eine Sorge wächst in ihr, während sie das Haus inspiziert: Die Wölfin ist nicht da …

»Jetzt verstehe ich, warum ihr nicht brav wart«, versucht sie zu scherzen, während die Jungtiere sich an ihren Beinen reiben und offensichtlich froh sind, dass sie wieder da ist.

Alma geht auf den Balkon, der zum Wald zeigt. Sie ruft aus Leibeskräften nach der Wölfin.

»Wo bist du? Komm zurück! Wir brauchen dich …«

Zwischen den Bäumen erscheint keine weiße Gestalt. Also geht Alma los, um nach ihr zu suchen. Sie geht zum Ufer des Sees, wo das Tier gerne jagt. Aber weit und breit ist nichts von ihm zu sehen.

»Bitte«, fleht Alma mit Tränen in den Augen, ohne anzuhalten. »Ich kann mich nicht allein um die Babys kümmern. Komm zurück … Komm zurück …«

KAPITEL 6

Alma schüttelt die aufkommende Panik ab und beschließt, das dringendste Problem zuerst zu lösen: den Kleinen etwas zu fressen zu geben. Sie kehrt schnell zum Haus zurück, durchwühlt die Küchenschränke und findet eine Dose mit eingemachtem Entenfleisch.

»Schmeckt es euch?«, fragt sie und schaut zu, wie die beiden Tierbabys den Inhalt ihrer jeweiligen Schalen verschlingen.

»Jetzt bin ich eure Mutter«, sinniert sie.

Und sie wird alles tun, damit sie sich bei ihr wohlfühlen. Nachdem sie das Haus aufgeräumt hat, bereitet Alma ihnen im Wohnzimmer ein gemütliches Bett aus Decken vor.

»Gute Nacht!«, flüstert sie ihnen zärtlich zu, sobald sich beide hingelegt haben.

Alma schaltet das Licht aus und geht die Treppe zu ihrem Zimmer hinauf. Sie ist erschöpft und legt sich sofort in ihr großes rosa Bett.

Im Wohnzimmer ist das Wolfsjunge, das gerne Unfug macht, bereits wieder aufgestanden. Es steigt die Treppe

hinauf, gefolgt von dem kleinen Löwen, der mit den hohen
Stufen noch ein wenig Schwierigkeiten hat. Die Kleinen
brauchen den Kontakt zu ihrer zweiten Mutter. Sie finden
sofort ihr Zimmer, die Tür steht offen, und sie springen aufs
Bett. Der Löwe zieht an der Bettdecke und legt seinen Kopf
neben Almas Haar. Der Wolf kuschelt sich an sie.

»Ich liebe euch …«, flüstert Alma ihnen zu, bevor sie
gemeinsam mit ihnen ins Land der Träume abdriftet.

Am nächsten Tag ist Alma gerade dabei, zwei Schüsseln mit Milch vor die Kleinen zu stellen, als es an der Verandatür klopft. Ohne zu warten, dass sie ihm aufmacht, betritt Joe das Wohnzimmer und entdeckt die Schützlinge seiner Patentochter.

»Aber … was zum T…?«, stottert er.

Alma eilt zu ihm und erklärt ihm alles.

»Ich habe erfahren, dass der kleine Löwe zu einem Zirkus gebracht werden sollte! Ein Zirkus! Stell dir das mal vor! Großvater hat immer angeprangert, wie die Tiere dort gehalten werden …«

»Und …?«, unterbricht sie ihr Patenonkel.

»Und ich hätte mir mein ganzes Leben lang Vorwürfe gemacht, wenn ich ihn den Behörden überlassen hätte, damit er ein Zirkusschicksal erleidet!«

Mit ernster Miene zeigt Joe auf das Wolfsjunge.

»Die Wölfin ist verschwunden«, sagt Alma aufgewühlt und in einem schrillen Ton. »Sie hätte mit ihrem Jungen wieder in den Wald zurückgehen sollen, aber so ist es nun mal, sie hat ihn zurückgelassen, genau wie den Löwen. Ich konnte sie nicht auch noch im Stich lassen.«

Ihr Patenonkel schüttelt den Kopf. Er ist wütend.

»Du lügst mich seit Wochen an, Alma! Ich habe dir vertraut!«

»Aber du hättest es nicht zugelassen, wenn ich es dir früher erzählt hätte«, rechtfertigt sie sich.

»Natürlich nicht!«, gibt Joe zu. »Das ist ein totaler Irrsinn, einen Wolf und einen Löwen unter seinem Dach zu beherbergen! Aber eigentlich bin ich gekommen, um mich nach deinem Vorspielen zu erkundigen. Hast du das Ergebnis?«

Ohne mit der Wimper zu zucken, verkündet Alma, dass sie genommen wurde.

»Oh!«, ruft Joe, beruhigt von dieser Nachricht. »Das ist wunderbar! Ich bin so stolz auf dich …«

»Ich habe die Stelle abgelehnt«, fügt Alma schnell hinzu, ohne sich zu trauen, ihm in die Augen zu sehen.

»Wie bitte?!«, ruft Joe aus. »Aber es war dein Traum!«

»Nein! Es war der Traum, den andere für mich hatten, aber es war nie meiner«, verteidigt sich Alma.

Ihr Patenonkel ist bestürzt. Nun, da ihr Großvater nicht mehr lebt, ist er für sie verantwortlich. Und er kann nicht zulassen, dass sie diese beiden Tiere behält.

»Aber von was für einer Verantwortung sprichst du? Ich komme seit acht Jahren allein klar, ich bin volljährig und ich brauche niemanden.«

»Du klingst wie ein verwöhntes kleines Mädchen!«, unterbricht sie Joe aufgebracht.

»Und du wie ein dummer Erwachsener!«

Das hat gesessen! Tief im Inneren weiß Joe, dass Alma nicht ganz unrecht hat. Er schaut zu dem Löwen und zu dem Wolf, die gerade ihre Milch austrinken. In freier Wildbahn wären sie sich nie begegnet, und nun sind sie unzertrennlich. Jetzt lächelt Joe. Seine Patentochter will sich also um sie kümmern, während sie nach der besten Lösung für ihre Zukunft sucht ...

»Du bist unglaublich!«, flüstert er ihr zu und umarmt sie. »Ich liebe dich, Prinzessin.«

»Ich liebe dich auch, Joe.«

An diesem Nachmittag beschließt Alma, dass es an der Zeit ist, den beiden Babys einen Namen zu geben. Sie sieht ihnen zu, wie sie im Garten herumtollen und ins Gemüsebeet vordringen, und sucht nach Inspiration.

»Leo und Lupus? Nein, das klingt zu sehr nach Lexikon.

Arpeggio und Allegro? Nee, irgendwie auch nicht … Der Süße und der Knuffige?«

Darüber muss sie wohl noch eine Weile nachdenken … Alma kehrt auf die Veranda zurück und setzt sich ans Klavier. Nach einigen Minuten merkt sie, dass sich das Wolfsjunge zu ihren Füßen darangemacht hat, eine Musikpartitur zu zerfetzen. Der Name des Komponisten ist wie eine Offenbarung.

»Du wirst … Mozart heißen!«, verkündet Alma lachend.

Der Wolf stellt sich sofort auf die Hinterbeine und schlägt mit seinen Pfoten auf die Tasten. Dieser Name passt perfekt!

»Und was ist mit dir?«, fragt Alma den kleinen Löwen, der wie so oft vor der Verandatür steht und den See beobachtet.

Da fällt ihr ein Name ein, der ganz offensichtlich zu ihm passt!

»Hallo, Träumer«, flüstert sie ihm zärtlich zu.

KAPITEL 7

∿

A uf der Insel hat der Herbst den Sommer abgelöst, und dann kam der Winter. Mozart und Träumer sind groß geworden, und die Landschaft um sie herum hat sich verändert. Der See ist jetzt eine riesige weiße Eisfläche, auf der Alma und ihr Patenonkel heute Morgen mit ihrem Schneemobil losgefahren sind, um einen ganz besonderen Vorrat an Lebensmitteln anzulegen.

»55 Kilo gefrorenes Fleisch …«, murmelt Joe und öffnet den Kofferraum. »Wie lange kommst du damit hin?«

»Etwa eine Woche«, antwortet Alma.

Sie zeigt ihm, wo er das Schild, das sie im Baumarkt gekauft hat, anbringen soll.

Privatbesitz – Betreten verboten!
Vorsicht, Warnung vor dem Hund!

»… dem Hund!«, murmelt Joe. »Wenn die Leute wüssten, wer hier lebt …«

Er ist im Begriff, Alma zum ersten Mal seit Monaten ins

Haus zu folgen, doch als er die Schwelle erreicht, weicht er erschrocken zurück.

»Mein Gott! Alma!«, keucht er.

Das sind keine tobenden Babys mehr, sondern ein fast erwachsener Wolf und ein fast erwachsener Löwe, die mitten im Wohnzimmer stehen und ihm deutlich zeigen, dass das ihr Revier ist.

»Keine Panik!«, lacht Alma. »Jungs, ab in euer Zimmer.«

Und dann sperrt sie sie in den Anbau, den sie von allen Möbeln und allem Krimskrams befreit hat.

»Das ist nicht lustig!«, schimpft Joe. »Sie hätten mich in Stücke reißen können!«

Alma räumt das Fleisch weg und beruhigt ihren Patenonkel.

»Mach dir keine Sorgen! Ich hab alles im Griff!«

Aber Joe ist nicht wirklich davon überzeugt. Und er hat Angst, dass der wilde Instinkt dieser Tiere irgendwann überhandnimmt und sie jemand Fremdes angreifen könnten, der die Insel betritt.

Er sitzt mit Alma am Feuer, eine Tasse Tee in der Hand, und fordert seine Patentochter auf, ihm ein Versprechen zu geben.

»Da ich nicht hier bei dir bleiben kann, bestehe ich darauf, jeden Tag per Funk von dir zu hören, verstanden?«

Alma sieht kurz in den Himmel, lächelt ihn dann liebevoll an und verspricht es.

~

Die Tage vergehen, die Funksprüche reihen sich aneinander: »Alles in Ordnung, Joe«, »Nichts zu berichten« … Zuerst hat Alma gedacht, das sei lächerlich, aber dann fand sie Gefallen an diesem kleinen Ritual. Sie lebt im Rhythmus der Natur mit ihren Tieren. Sie füttert sie, spielt für sie Klavier, sieht ihnen gerne beim Spielen im Schnee zu und lässt sie jeden Tag ein Stückchen weiter in den Wald hinauslaufen.

»Mozart! Träumer!«, ruft sie sie dann schließlich.

Jedes Mal kommen der Wolf und der Löwe zu ihr zurück.

Doch mit der Rückkehr des Frühlings verschwinden sie immer länger. Und eines Nachmittags macht sich Alma Sorgen, weil sie noch nicht zurückgekommen sind.

»Mozart! Träumer!«, ruft sie, während sie immer tiefer in den Wald vordringt.

Zur gleichen Zeit machen eine Mutter und ihre Tochter eine Bootsfahrt auf dem See. Sie gleiten an Almas Insel entlang, und das kleine Mädchen wird interessiert von einigen Blumen angezogen, die am Ufer wachsen.

»Mama, sieh mal, wie schön die sind! Lass uns anlegen, damit ich sie pflücken kann!«

»Das dürfen wir nicht, mein Schatz. Dies ist eine private Insel …«

»Aber wir sind hier doch ganz allein!«

Während sie das sagt, hat das Mädchen keine Ahnung davon, dass ein Löwe und ein Wolf in der Nähe herumstreifen.

»Okay, gut«, gibt die Mutter nach und stellt den Motor ab. »Aber wir beeilen uns.«

Das Mädchen ist überglücklich. Sie pflückt eine weiße Blume, dann eine gelbe …

»Das wird ein toller Strauß!«, jubelt sie.

Angelockt durch den Lärm, sieht Alma den Besucherinnen amüsiert zwischen den Ästen zu. Plötzlich bemerkt sie zwei Gestalten, die in ihre Richtung laufen!

»Oh nein! Halt!«, ruft sie Mozart und Träumer zu.

Die Raubkatze und der Wolf sind ganz in der Nähe! Alma rennt los, um sich ihnen in den Weg zu stellen, stolpert über eine Wurzel und fällt hin. Sie stößt sich den Kopf an einem Stein und mit einem Seufzer verliert sie das Bewusstsein.

Das Boot ist gerade wieder losgefahren. Mutter und Tochter haben weiterhin keine Ahnung, in welcher Gefahr sie sich befunden haben. Sie haben auch nichts von dem Unfall mitbekommen, der sich gerade ereignet hat.

Mozart eilt zu Alma, die immer noch am Boden liegt. Der Wolf reibt sich an ihr, beschnuppert ihr Haar, leckt ihr Gesicht. Träumer tritt zaghaft vor, schnuppert an einem ihrer Schuhe …

Mozart heult, Träumer brüllt. Doch niemand hört ihre Hilferufe. Bald bricht die Nacht herein.

Wie zwei Schutzengel legen sich der Wolf und der Löwe links und rechts von Alma hin und bewachen sie …

KAPITEL 8

*J*oe an Alma, bitte kommen!

Der alte Mann sitzt auf seiner Veranda und wird langsam wütend. Seit heute Morgen hat er bereits fünfmal versucht, seine Patentochter über Funk zu erreichen. Er hatte ihr doch gesagt, dass sie sich jeden Tag melden solle!

»Alma! Alma!«

Er beschließt, zur Insel zu fahren und nachzusehen, ob es seiner Patentochter gut geht. Doch als er vor dem Haus steht, wachsen seine Sorgen: Es ist niemand da …

Anstatt durch den Wald zu laufen, steigt Joe wieder in sein Boot und umrundet die Insel. Mit seinem Fernglas sucht er das Ufer ab, und plötzlich bekommt er einen Schreck. Der Wolf und der Löwe sitzen wie zwei Wächter in der Nähe von Alma, die auf dem Boden liegt. Joe versucht erneut, sie über das Funkgerät zu erreichen.

»Alma? Geht es dir gut?«

Aber die junge Frau reagiert nicht. Für Joe wäre das Risiko zu groß, sich den beiden Tieren zu nähern. So bleibt ihm nichts anderes übrig, als die Ranger anzurufen, und er wählt die Nummer, die er von seinem letzten katastrophalen Date behalten hat … die von Ysae.

Ein paar Stunden später wartet Joe im Krankenhaus, in dem Alma behandelt wird, fieberhaft auf die Diagnose der Ärztin. Die Frau überprüft den Monitor, an den die verletzte Alma angeschlossen ist. Sie schläft immer noch, und um ihren Kopf hat sie einen großen Verband.

»Sie hat eine schwere Gehirnerschütterung, aber sie hat gute Chancen, wieder ganz gesund zu werden«, sagt sie.

»Alma ist stark«, versichert ihr Patenonkel.

»Sie kann sich bei diesen beiden Tieren bedanken«, fährt die Ärztin fort. »Bei den derzeitigen Temperaturen hätte sie nicht länger als ein paar Stunden überlebt.«

Und bevor sie den Raum verlässt, fügt sie hinzu: »Ohne die Tiere wäre sie gestorben ...«

Er nähert sich dem Bett und betrachtet Almas blasses Gesicht. Er zieht es vor, jetzt mit ihr zu sprechen, denn er befürchtet, nicht die Kraft dazu zu haben, wenn sie wach ist.

»Ich bin so erschrocken, als ich dich bewusstlos am See gesehen habe. Alleine hätte ich dir nicht helfen können, und auch die Sanitäter hätten sich nicht in die Nähe von Mozart und Träumer getraut.«

Schließlich gesteht er: »Ich musste die Förster rufen ... Es tut mir wirklich leid, Prinzessin.«

Zur gleichen Zeit taucht Eli an der Rezeption der Wildtierbehörde auf. Der Forscher hat ein Lächeln im Gesicht, denn nach dem Anruf, den er vor ein paar Stunden erhalten hat, ist er sehr gespannt und neugierig.

»Hallo, ich bin Eli Harmon vom Naturschutzzentrum in Vancouver«, sagt er. »Sie haben hier einen Wolf für mich?«

Eine junge Försterin führt ihn zu Ysae, die sich freut, ihn zu treffen und ihm das Tier zu überreichen, das sie am Morgen eingefangen hat.

»Wow!« Der Forscher ist begeistert, als er Mozart in seinem Käfig entdeckt. Es ist tatsächlich ein Schneewolf …

Er beugt sich vor und flüstert ihm zu: »Wie schön du bist! Du wirst sehen, ich bringe dich an einen tollen Ort …«

Eli fühlt sich wie ein Kind, das eine Geburtstagsüberraschung bekommen hat. Er ist so glücklich, dass er Ysae um Erlaubnis bittet, sie zu umarmen, um ihr zu danken.

»Gern geschehen …«, nickt sie und lacht.

»Ähem …«, unterbricht sie Agent Jack Simpson. »Sorry, dass ich diese überschwängliche Darbietung unterbrechen muss … Ysae, der Zirkusdirektor ist gerade eingetroffen. Es wäre besser, wenn du dich um ihn kümmern würdest, während ich bei dem Herrn bleibe …«

Ysae verabschiedet sich von Eli und geht zu Allan Elreve in den Innenhof, der von seinem Sohn begleitet wird. Der Mann verbirgt seine Freude nicht:

»Wir werden endlich unseren Löwen zurückbekommen, Rapha! Ist das zu fassen?!«

Der Junge neigt schüchtern den Kopf. Nachdem Ysae sich vorgestellt hat, folgen Vater und Sohn ihr vor das Lagerhaus, in dem Träumer von den anderen Tieren isoliert wurde.

»Bereit?«, fragt Ysae.

Als sich die Tür öffnet, ist Rapha ergriffen vom Anblick des majestätischen Löwen, der in seinem Käfig gefangen ist. Allan atmet erleichtert auf.

»Ist er es also wirklich?«, fragt er Ysae.

»Daran gibt es keinen Zweifel«, bestätigt der Agent. »Wir haben ihn dank seines Chips identifiziert.«

Träumer knurrt und zeigt seine Reißzähne. Allan ist begeistert. Dieser Löwe ist perfekt, um sein Publikum erschaudern zu lassen.

»Wir haben ihn Monster genannt«, verkündet Ysae.

»Monster! Das passt«, stimmt der Zirkusdirektor zu, während der Löwe mit der Pfote gegen die Gitterstäbe schlägt, als wolle er ihn angreifen.

»Oje! Du bist nicht besonders zahm, aber das kriegen wir schon hin«, versichert der Dompteur.

Ysae ist nicht besonders wohl dabei, aber sie bittet ihn, ihr zu folgen, um die Papiere zu unterzeichnen. Rapha ist fasziniert, seit er das Lagerhaus betreten hat. Er bittet seinen Vater um die Erlaubnis, eine Weile bei dem Löwen bleiben zu dürfen.

»Wie du willst …«, sagt Allan.

Als er mit dem immer noch sehr aufgeregten Tier allein ist, überwindet Rapha seine Angst und flüstert ihm zu: »Du bist gestresst, das kann ich spüren. Ich bin auch oft ängstlich, und ich habe einen Trick, um mich zu entspannen: Musik hören.«

Der Löwe knurrt erneut und bringt Rapha dazu, einen Schritt zurückzutreten. Er drückt schnell auf seinem Handy herum und als Klaviertöne durch den Raum hallen, hört der Löwe wie auf magische Weise auf zu brüllen. Der Junge lächelt.

»Du magst klassische Musik, genau wie ich!«

Um sicherzugehen, schaltet er den Ton ab, und die Wirkung tritt sofort ein: Der Löwe ist sogleich wieder aggressiv. Also schaltet Rapha die Musik wieder ein und beobachtet stolz, wie sich der Löwe zu den Klängen des Klaviers endgültig beruhigt und sich in seinem Käfig hinlegt.

KAPITEL 9

~

Nach ein paar Tagen im Krankenhaus öffnet Alma die Augen.

»Prinzessin«, ruft Joe, der die ganze Nacht bei ihr am Bett verbracht hat. »Wie fühlst du dich?«

Er nimmt ihre Hände, drückt sie fest und versucht, seine Rührung zu verbergen, als er die Angst im Gesicht seiner Patentochter sieht.

»Wo sind Mozart und Träumer?«, murmelt Alma.

Die ersten Worte, die sie sagt, bestürzen ihren alten Patenonkel. Er hatte solche Angst vor ihnen!

»Sind sie … verletzt?«, fragt die junge Patientin besorgt.

»Nein, nein«, beruhigt Joe sie.

Er hat einen großen Kloß im Hals, aber er schafft es, ihr die Wahrheit zu sagen.

»Ich musste es den Beamten von der Wildtierbehörde sagen, sie haben sie mitgenommen. Ich hatte keine andere Möglichkeit …«

Eine dicke Träne kullert Alma über die Wange.

»Es ist alles meine Schuld«, murmelt sie traurig.

»Nein, nicht doch«, protestiert ihr Patenonkel. »Es war ein Unfall.«

Er küsst zärtlich ihre Hände und tröstet sie, so gut er kann.

»Ruh dich aus, meine Liebe, das ist im Moment das Wichtigste.«

»Wo sind sie?«, wiederholt Alma in Gedanken und betet, dass sie gut behandelt werden.

Zur gleichen Zeit stehen Eli und Charles am Zaun des Parks des Naturschutzzentrums und vergewissern sich, dass es dem jungen Wolf gut geht. Sie beobachten ihn durch ihr Fernglas, während er sein neues Revier erkundet.

»Schau!«, ruft Charles, als er einen weißen Wolf sieht, der sich zu Mozart gesellt. »Das ist seine Mutter, nicht wahr?«

»Ja!«, bestätigt Eli. »Sie muss ihm jetzt die Weibchen des Rudels vorstellen, und vielleicht erreichen wir dann bald unser Ziel!«

In der Tat sind noch zehn Jungtiere nötig, damit die Wissenschaftler diese Art Wolf wieder in freier Wildbahn ansiedeln können.

»Ihn werden wir selbstverständlich behalten«, sagt Eli und zeigt auf Mozart. »Er ist zu sehr an Menschen gewöhnt. Ist dir klar, dass die Frau, bei der er gelebt hat, ihn verwöhnt hat wie einen Chihuahua in Beverly Hills?«

Charles bricht in Gelächter aus.

»Diese Geschichte ist total verrückt ...«, sagt er abschließend. »Und wir hatten großes Glück, diesen Wolf zurückzubekommen.«

Mehrere Hundert Kilometer entfernt kommen Allan und Rapha im Lager des Zirkus Elreve an. Träumer ist in seinem Käfig auf der Ladefläche ihres Pick-ups.

»Da ist er! Da ist er!«

Jongleure, Clowns und Techniker stürzen sich auf sie und applaudieren dem Löwen. Sie sind fasziniert von der Schönheit des Tieres.

»Willkommen zu Hause, Monster«, sagt Allan, stolz auf seine neue Attraktion.

Rapha lächelt. Er ist froh, diesen Löwen in seiner Nähe zu haben ... Als er jedoch einige Stunden später zu ihm hinter die Bühne kommt, stellt er fest, dass das Tier wieder sehr nervös ist.

»Willst du noch mehr Musik hören?«, bietet der Teenager an.

Die Melodie des Klaviers hat eine beruhigende Wirkung auf den Löwen, der sofort aufhört zu knurren. Rapha sieht ihm in die Augen und presst seine Handflächen gegen die Gitterstäbe. Träumer nähert seine Schnauze ...

»Rapha!«, ruft Allan abrupt, erschreckt den Jungen und unterbricht den Zauber des Augenblicks.

Der Dompteur will sofort mit dem Training beginnen. In der einen Hand hält er eine Aktentasche, in der anderen eine Peitsche.

»Stell sofort die Musik ab!«, fordert er.

Rapha gehorcht. Er spürt, wie die Angst in ihm hochsteigt – und ebenso in Träumer, der sich sofort wieder in seinem Käfig dreht. Allan holt eine Spritze aus seiner Aktentasche und zieht sie mit einer durchsichtigen Flüssigkeit auf.

»Willst du dem Löwen was spritzen?«, empört sich Rapha.

»Nur, um ihn ein wenig zu beruhigen«, antwortete sein Vater. »Das machen alle so, das weißt du doch.«

Den Blick auf das Tier gerichtet, erklärt er, dass dies die einzige Möglichkeit sei, mit einem Löwen zu arbeiten.

»Morgen entferne ich seine Krallen, und da er dann weniger gefährlich ist, spritze ich ihm eine geringere Dosis. Aber heute müssen wir vorsichtig sein!«

»Papa …«

»Vertrau mir, Rapha«, unterbricht ihn Allan. »Ich weiß, was ich tue.«

Und unter den entsetzten Blicken des Teenagers sticht er das Tier in die Flanke. Dann erklärt er sein Prinzip als Dompteur, während er heftig mit der Peitsche knallt: »Nur über Angst kann man ein Raubtier dressieren!«

KAPITEL 10

Nur du allein weißt, was gut für dich ist ...
Vor ihrem Essen, in ihrem Krankenhausbett, erinnert sich Alma an die Worte ihres Großvaters, während ihr kleines mechanisches Eichhörnchen über das Tablett huscht. Sie kann nicht einfach dasitzen und nichts tun. Sie schaut aus dem Fenster und greift nach ihrem Handy.

»Joe? Ich muss wissen, wo Mozart und Träumer sind. Holst du mich in zehn Minuten ab?«

Alma fragt den Arzt nicht um Erlaubnis und nutzt einen Moment, in dem die Krankenschwestern unaufmerksam sind, um das Krankenhaus zu verlassen ...

Ihr Patenonkel bringt sie direkt zur Wildtierbehörde. Vor der Rezeption schenkt Alma der jungen Angestellten ihr schönstes Lächeln und fragt sehr höflich: »Könnte es vielleicht sein, dass Sie wissen, was mit den zwei Tieren passiert ist, die Sie letzte Woche aufgenommen haben? Ein junger Wolf und ...«

»... ein Löwe!« Ysaes donnernde Stimme unterbricht sie und lässt Joe und Alma gleichzeitig zusammenzucken.

Die Beamtin schaut die beiden streng an und sagt ihnen, dass das nicht möglich sei.

»Aber ... Ysae!«, versucht es Joe.

»Kein Wort, du Verräter«, antwortet seine ehemalige Verlobte knapp, bevor sie Alma mitteilt: »Sie schulden uns eine hohe Geldstrafe wegen illegaler Haltung eines vom Aussterben gefährdeten Tieres, eines Schneewolfs.«

Almas Wangen erröten vor Zorn.

»Was haben Sie mit meinen Tieren gemacht?«, schreit sie.

»Sie haben kein Recht auf sie. Dort, wo sie sind, sind sie gut geschützt«, sagt Ysae leise.

»Ist das so? In einem Zirkus? In einem Labor? Ein toller Schutz!«, wettert Alma. »Alles, was Sie tun, ist, die Tiere auszubeuten, zu beherrschen und zu kontrollieren!«

Joe hat verstanden, dass es nichts bringt, sich aufzuregen, und zieht seine Patentochter mit zum Ausgang.

»Es waren nur zwei Babys, die Hilfe gebraucht haben«, schreit Alma wieder, ihre Stimme vibriert vor Rührung.

»Lass uns gehen ...«, flüstert Joe ihr zu. »Es wäre besser ...«

Ysae sieht mit versteinertem Gesicht zu, wie sie zu ihrem Auto gehen.

»Hältst du mich für verrückt?«, fragt Alma ihren Patenonkel, als sie sich wieder beruhigt hat.

»Ich finde, du bist wunderbar«, antwortet der alte Mann und drückt ihr einen Kuss auf die Stirn.

Alma lächelt wieder, als ihr plötzlich ein Detail einfällt.

»Wir wissen nicht, wo Träumer ist, aber da Mozart ein Schneewolf ist …«

Sie schnappt sich ihr Handy und verkündet schelmisch: »Ich weiß, wo er sein könnte!«

Ihr Patenonkel steigt zu ihr ins Auto, ein wenig überwältigt von diesem Wirbelsturm der Gefühle.

In Vancouver läuft Mozart derweil mit seinem Rudel durch den Park des Naturschutzzentrums. Eli sitzt allein in seinem Büro und arbeitet, als er durch das Klingeln des Telefons unterbrochen wird.

»Hallo«, grüßt Alma ihn am anderen Ende der Leitung. »Ich bin auf der Suche nach einem jungen Wolf ... und ich habe mich gefragt, ob Sie es vielleicht waren, der ihn mitgenommen hat.«

Eli erkennt sofort, wer die junge Frau ist, die mit ihm Kontakt aufnimmt.

»Sie sind doch nicht die Verrückte, die ihn aufgezogen hat, hoffe ich!«, sagt er amüsiert und verblüfft zugleich.

»Doch, das bin ich«, gibt Alma schüchtern zu.

»Hören Sie zu«, fährt Eli ernster fort, und erklärt: »Dieser Wolf ist ein wildes Tier. Er muss frei leben, unter seinesgleichen.«

»Ich möchte nur wissen, wie es ihm geht«, rechtfertigt sie sich.

»Es geht ihm wie einem Wolf!«, entgegnet Eli ironisch.

»Wie meinen Sie das?«

Eli ist verärgert und will das Gespräch beenden.

»Ich unterhalte mich gern mit Ihnen, aber ich habe zu tun. Machen Sie sich keine Sorgen. Dieser Wolf kommt gut ohne Sie aus. Er hat seine wilde Natur wiedergefunden ... Auf Wiederhören.«

»Danke ... auf Wiederhören«, stammelt Alma, unzu-

frieden mit diesem Gespräch, in das sie ein wenig Hoffnung gesetzt hatte.

Sie geht zu Joe, der auf einer Bank im Stadtzentrum auf sie wartet, wo sie geparkt haben.

»Was hat der Forscher gesagt?«, fragt er.

»Ein Wolf in freier Wildbahn ist ein glücklicher Wolf!«

Joe nickt. Aber das schwache Lächeln auf Almas Gesicht zeigt, wie besorgt sie ist.

»Und mein Träumer?«, murmelt sie. »Wie geht es ihm?«

KAPITEL 11

In der Manege des Zirkus Elreve liebt Allan den Moment, in dem er das Publikum begeistern kann. Heute Abend sind die Tribünen voll und die Stimmung bestens.

»Möchtet ihr meinen neuen Freund sehen?«, fragt er provokant.

»Jaaaa!«, betteln die Kinder.

»Dann ruft gemeinsam mit mir: Mons-ter! Mons-ter!«

»Mons-ter! Mons-ter!«, rufen die Zuschauer und klatschen in die Hände.

Mit einem Trommelwirbel wird der schwere Vorhang enthüllt und ein Löwenkopf taucht aus der Meereskulisse auf. Er ist als Meerjungfrau verkleidet! Auf der Tribüne bricht Gelächter aus.

»Das ist unser lustiger Monster«, brüstet sich Allan mit einem Peitschenknall. »Hört, wie er brüllt!«

Im Hintergrund wirft Rapha einen mitleidvollen Blick auf Träumer, der vom Publikum bejubelt wird. Er fürchtet sich bereits davor, dass diese Nummer nun Abend für Abend abgezogen wird. Die Tournee des Zirkus Elreve hat gerade erst begonnen. Am nächsten Tag wird das Zelt abgebaut und alle machen sich wieder auf den Weg.

~

Alma hat eine Liste mit allen Zirkusvorstellungen in der Gegend erstellt. Nachdem sie sich Joes Auto geliehen hat, folgt sie Träumers Spur. Aber all die Zirkusdirektoren, Clowns und Akrobaten, die sie besucht, haben keine Löwen unter ihren Tieren, oder nicht ihren Löwen. Wochenlang kreuzen sich die Wege von Alma und Träumer nicht. Doch das Schicksal ist ein Schelm und schlägt manchmal überraschende Wege ein …

~

Im Reservat des Naturschutzzentrums spitzt Mozart eines Morgens die Ohren. Eine lange Reihe von Lastwagen fährt auf der Straße, die am Zaun entlangführt. Es sind die des Zirkus Elreve. Und plötzlich erkennt er einen Geruch wieder …

Im selben Moment steht Träumer in seinem Käfig auf. Dank seines scharfen Gehörs hat er sofort das Heulen des Wolfes erkannt.

Der Zirkus schlägt sein Lager einige Kilometer vom Park der Wölfe entfernt auf. Aber Mozart hat einen starken Geruchssinn und ist bereit, alles zu tun, um zu Träumer zu gelangen.

⌒

Eli ist an seinem Schreibtisch eingeschlafen, als ein Piepsen seines Computers ihn weckt.

»Dringende Nachricht«, heißt es auf seinem Bildschirm.

Er klickt auf die Tastatur und entdeckt benommen die Bilder einer der Überwachungskameras des Reservats. Ein Wolf gräbt ein Loch, um unter dem Zaun durchzukommen!

»Oh nein!«, ärgert sich Eli und ruft sofort Charles und das Sicherheitsteam.

Als sie alle vor Ort ankommen, staunt er noch mehr über das, was er vorfindet: Der Wolf hat sich unter allen drei Zäunen durchgegraben, bis er den Zaun erreicht hat, der das Reservat nach außen abgrenzt, und jedes Mal sind ein paar Haare am Stahldraht hängen geblieben.

»Dieser Wolf ist ein schlaues Kerlchen«, murmelt Eli.

Dank des GPS-Halsbandes weiß er, um welches Individuum es sich handelt … Gemeinsam mit Charles ist er fest entschlossen, seiner Spur zu folgen.

❦

Nachdem er durch den Wald, über die Felder und hinter die Häuser gelaufen ist, erreicht Mozart schließlich das Lager des Zirkus Elreve. Dort herrscht ein gewisser Aufruhr, und der Wolf, der sich im nahen Wald versteckt, wartet, bis die Luft rein ist, um zu seinem Freund zu gelangen. Träumers Geruch hat ihn hierhergeführt. Der Löwe ist ganz in der Nähe …

Am Abend rennt Mozart zum Käfig und springt auf die Gitterstäbe. Doch der Löwe reagiert nicht. Sein Kopf liegt zwischen seinen Pfoten. Die Beruhigungsmittel, die Allan ihm seit Wochen verabreicht, haben all seine Reflexe verlangsamt, und er hat sich mit seinem Schicksal abgefunden.

Mozart zappelt, leckt am Schloss, an der schweren Kette. Er will einen Weg finden, um seinen Freund zu befreien. Es ist dunkel geworden, die Show wird bald beginnen. Der Wolf versteckt sich hinter einem Gebüsch. Und als ihn niemand mehr hören kann, lässt er seinen Schmerz darüber, dass Träumer ihn nicht erkennt, in einem herzzerreißenden Heulen heraus …

Im Labor des Naturschutzzentrums versuchen Eli und Charles vergeblich, das GPS-Signal des Wolfs zu empfangen.

»Das Netz funktioniert in dieser Gegend nicht immer gut«, stellt Charles fest. »Wir werden es morgen noch einmal versuchen müssen.«

Die Nacht geht vorbei. Unweit des Zirkus Elreve hat Mozart noch nicht aufgegeben. Beim ersten Morgengrauen, als alle noch schlafen, kehrt er zum Käfig zurück. In seinem Maul trägt er einen Stock, den er nun zwischen die Gitterstäbe schiebt. Dieses Mal reagiert Träumer. Die Erinnerung an ihr Lieblingsspiel weckt einen Reflex und ein Glitzern in seinen Augen. Er packt das andere Ende des Stocks zwischen seine Reißzähne und zieht … Der Wolf und der Löwe sind wieder Komplizen! Sie haben einander wiedergefunden.

Nach ein paar Stunden Schlaf sind Eli und Charles wieder im Büro und suchen nach dem Grund, warum der Wolf weggelaufen sein könnte.

»Ich studiere das Verhalten von Wölfen seit zehn Jahren und habe so etwas noch nie gesehen!«, sagt er wütend zu seinem Freund, während er ein Sandwich isst.

»Wir sollten uns darauf konzentrieren, diesen Wolf wiederzufinden«, sagt der Fährtenleser. »Denk daran, dass er wie ein Haustier aufgezogen wurde, und statt vor Menschen wegzulaufen, könnte er auf sie zustürmen, was sehr gefährlich sein kann …«

»Ja, aber wenn wir herausfinden, *warum* er weggelaufen

ist, werden wir auch herausfinden, *wohin* er gelaufen ist«, betont der Forscher.

»Vielleicht hat er nach seiner Mutter gesucht«, sagt Charles ironisch.

Bei diesen Worten hat Eli eine Erleuchtung.

»Na klar! Er sucht die Frau, die ihn aufgezogen hat!«

Charles ist perplex und starrt seinen Freund an, der sich auf sein Telefon stürzt ...

KAPITEL 12

Alma besucht gerade einen neuen Zirkus, als ihr Handy klingelt. Sie hebt ab und ist überrascht, Eli Harmon zu hören, denselben Mann, der sie einen Monat zuvor abgewiesen hatte.

»Es gibt ein kleines Problem«, sagt er. »Mein Wolf ist entkommen …«

»Von wo entkommen?«, empört sich Alma. »Ich dachte, er sei frei!«

»Ja, das war er …«, sagt Eli. »Und stellen Sie sich vor, mein Kollege glaubt, dass er vielleicht nach Ihnen sucht. Ich weiß, das klingt verrückt.«

»Er sucht nicht nach mir«, antwortet Alma mit einem Lächeln im Gesicht. »Er sucht Träumer!«

»Wen?«

»Träumer, seinen Bruder.«

Der Forscher kann es nicht fassen. »Sie hatten mehrere Welpen im Haus?«

»Nein, zumindest keine Wolfswelpen«, antwortet Alma. »Träumer ist ein Löwe.«

»Ein … Löwe?!«, schreit Eli unterdrückt. »Okay, gut, danke. Ich will Sie nicht länger stören. Auf Wiederhören!«

Er legt verzweifelt auf.

»Diese Frau ist vollkommen verrückt«, stellt er fest.

»Natürlich ist sie verrückt!«, stimmt Charles zu. »Verschwenden wir nun keine Zeit mehr. Ich fahre sofort zu der Stelle, von der das letzte GPS-Signal kam. Ich halte dich auf dem Laufenden …«

»Danke«, sagt Eli nachdenklich, während er ihm hinterherschaut.

Im Zirkus Elreve versteckt sich Mozart hinter einigen Kisten. Rapha und Allan kommen, um Monster zum täglichen Training zu holen. Der Löwe scheint heute Morgen sehr aufgeregt zu sein. Er rennt in seinem Käfig im Kreis.

»Monster! Zurück!«, befiehlt ihm Allan mit der Peitsche unterm Arm.

Er schließt das Schloss auf, starrt den Löwen an und öffnet die Käfigtür. Blitzschnell springt eine Gestalt auf ihn zu. Der Mann fällt zu Boden.

»Papa!«, schreit Rapha und stürzt zu ihm.

Es war ein Wolf, der den Dompteur angegriffen hat, und nun flieht er in den Wald, gefolgt von Monster. Vater und Sohn sehen hilflos zu.

»Das … Das kann doch nicht wahr sein …«, stottert Allan.

Trotz des Schocks steht er schnell auf und kehrt in seinen Wagen zurück.

»Tut mir leid, Papa«, flüstert Rapha hinter ihm.

»Wie lange ist es her, dass du ihm sein Beruhigungsmittel gegeben hast?«, fragt der Dompteur, während er sein Gewehr und die Injektionspfeile vorbereitet.

Der Teenager weiß es nicht mehr. Er ist völlig in Panik geraten.

»Vor drei Tagen«, antwortet er. »Nein, vor zwei Tagen!«

»Okay, in ein paar Stunden sollte er erschöpft sein«, schlussfolgert Allan. »Wir werden ihn im Wald aufspüren.«

»Aber, Papa, sollten wir nicht die Polizei rufen? Was ist, wenn er jemanden angreift oder ihm etwas zustößt?«

»Wenn die Polizei unseren klauenlosen, betäubten Löwen findet, wird sie ihn uns wegnehmen«, sagt Allan nervös. »Jeder in der Zirkuswelt macht das mit seinen Raubkatzen, aber es ist verboten, verstehst du?«

Dann nimmt er seinen Sohn mit zu seinem Lastwagen.

»Wir sind gleich wieder zurück«, beruhigt er den Rest der Truppe. »Macht mit den Proben ohne uns weiter!«

Als er losfährt, bemerkt Allan den Pick-up von Charles nicht, der direkt vor einem Zaun geparkt ist. Der Fährtenleser ruft Eli an, um ihm mitzuteilen, dass er das letzte Signal des Halsbandes geortet hat.

»Der Wolf hält sich seit zwei Tagen in der Nähe eines Zirkus auf, der eine ›Monstershow‹ aufführt.«

»Ja … und?«, fragt Eli ungeduldig.

»Monster ist ein Löwe«, fährt Charles fort, »und, stell dir vor, der Löwenkäfig ist leer!«

»Nein!«, ruft Eli aus. »Die Irre hatte recht!«

Und er kommt zu dem Schluss, dass er dringend ihre Hilfe braucht.

KAPITEL 13

Alma ist wieder zu Hause, erfreut sich an dem großen, schönen See und betet, dass Mozart und Träumer bald wieder vereint sein werden. Sie weiß nicht, dass sich ihre beiden »Babys« bereits wiedergefunden haben und ihre Freiheit genießen. Die Tiere rennen, beschnuppern sich gegenseitig und spielen im Schutz des großen kanadischen Waldes ...

Einige Männer sind ihnen jedoch auf der Spur. Alma ist sehr überrascht, als Eli mit einem Wasserflugzeug am Ufer ihrer Insel landet. Der Wissenschaftler geht ihr nun langsam aber wirklich auf die Nerven. Was will er jetzt schon wieder?

»Guten Tag, Alma«, grüßt der junge Mann, während er ihr lächelnd auf dem Bootsanleger entgegenkommt. »Stellen Sie sich vor, die Wissenschaft braucht Sie ...«

Aber die ungestüme junge Frau weigert sich, ihm zuzuhören und ihn ins Haus zu bitten.

»Die Spezies *Canis lupus arctos,* ist vom Aussterben bedroht«, fährt Eli unbeirrt fort, während er ihr zur Tür

folgt. »Und Sie sind die einzige Person, die meinen Wolf zurück in unser Reservat bringen kann.«

»Ihren Wolf?! Fahren Sie zur Hölle!«, brüllt Alma und schlägt ihm die Tür vor der Nase zu und dabei ihm auf die Finger.

»Ahhhh!«, schreit der arme Eli. »Sie sind ja krank!«

Er will sofort aufbrechen, aber der Pilot des Wasserflugzeugs ist gerade wieder gestartet. Alma, immer noch wütend, folgt ihm zum Bootsanleger.

»Nehmen Sie mein Boot«, ermutigt sie ihn, um ihn schnell loszuwerden.

Aber nach 100 Metern ... bleibt der Motor des Bootes stehen.

»Das Benzin ist alle«, ruft ihm Alma vom Ufer aus zu.

Sie hält sich zurück, um nicht zu lachen. Eli denkt, er sei verflucht. Schließlich schwimmt er im eiskalten Wasser zurück ans Ufer. Alma wartet auf ihn. Sie hat ein Feuer entfacht.

»Es tut mir leid«, murmelt Eli verlegen, als er sich neben sie setzt.

»Mir auch«, gibt Alma zu.

Sie hält dem überraschten Forscher Fotos von Mozart und Träumer als Babys hin, gemeinsam mit der Wölfin …

»Sie hat sie beide gefüttert. Sie sind Brüder, durch eine tiefe Liebe verbunden. Als die Wölfin verschwunden ist, musste ich mich um sie kümmern …«

Gerührt sieht sich Eli die Fotos an.

»Ich bin gekommen, um Ihnen zu sagen, dass Sie recht hatten, Alma. Wir haben den Wolf zu einem Zirkus zurückverfolgt, wo ein Löwe entkommen ist …«

Die junge Frau kann ihre Tränen kaum zurückhalten.

»Danke, dass Sie es mir gesagt haben«, sagt sie mit einem tiefen Atemzug.

»Ich glaube, wir brauchen uns gegenseitig«, folgert Eli und zieht eine laminierte Karte aus seiner Tasche.

»Ich brauche Sie nicht«, erwidert Alma, wieder in der Defensive.

»›Ihr‹ Wolf trägt ›mein‹ GPS-Halsband …«, stichelt der Wissenschaftler.

Eli klappt die Karte auf und zeigt ihr den Weg, den die

beiden Tiere zurückgelegt haben, seit Mozart Träumer befreit hat.

»Hier, ohne Internet, kenne ich ihre genaue Position nicht, aber ich habe eine ungefähre Vorstellung davon, wo sie sind …«

Alma ist fasziniert und überwältigt zugleich. Mozart und Träumer sind auf dcm Weg nach Hause!

»Sie sollten besser mal unter die Dusche«, sagt sie zu Eli. »Ich werde mich unterdessen um ein neues Boot kümmern!«

Am nächsten Morgen kommt Joe mit einem vollgetankten Boot zur Insel. Alma stellt die beiden Männer einander vor, aber ihr Patenonkel wirft Eli einen misstrauischen Blick zu, bevor er ihn warnt: »Wenn Sie ihr wehtun, werde ich mich persönlich um Sie kümmern!«

Sobald sie den See überquert haben und in Elis Auto sitzen, sucht Alma nach den neuesten GPS-Daten, die das Halsband gesendet hat. Das Radio ist an und vermeldet folgende Nachrichten:

»Der Wachmann eines Supermarktes in der Kleinstadt Magdane hat gestern Abend den Schreck seines Lebens bekommen. Ein Wolf und ein Löwe brachen nach Ladenschluss in den Laden ein und durchwühlten die Regale nach Lebensmitteln. Anschließend wurden sie in mehreren Straßen gesichtet ...«

Alma lächelt, aber die Sorge nagt an ihr, als sie den Rest hört:

»Höchste Alarmstufe. Alle Menschen in diesem Gebiet müssen in ihren Häusern bleiben. Die Polizei hat über hundert Männer mobilisiert, um diese Tiere einzufangen, die sich derzeit im Abysses-Schluchtenwald ...«

In ihrem Pick-up haben Allan und Rapha ebenfalls die Nachricht gehört. Der Dompteur ist begeistert.

»Wir sind ganz nah dran«, sagt er zu Rapha und parkt das Fahrzeug am Waldrand.

Durch die Äste der Bäume spähen sie nach Monsters Silhouette, und nach einer Stunde sehen sie sie! Der Löwe löscht friedlich seinen Durst an einem Bach.

Allan spannt sein Gewehr und zielt … als plötzlich Mozart aus dem Hinterhalt auf ihn zustürmt. Der Mann fällt rückwärts, der Schuss löst sich. Der Wolf fällt zu Boden. Der Pfeil hat ihn in die Seite getroffen. Träumer rennt weg …

»Oh nein!«, schreit Allan. »Das war sicher der Wolf, der mich im Zirkus angegriffen hat, und er hat ein GPS-Halsband! Die Dosis des Beruhigungsmittels ist viel zu stark für ihn. Er könnte sterben, und das könnte uns in große Schwierigkeiten bringen.«

Rapha beeilt sich, rennt schnell zum Wolf und entfernt den Pfeil.

»Nimm ihm das Halsband ab und wirf es in die erstbeste Mülltonne!«, weist sein Vater ihn an.

Rapha steckt es in seine Tasche und schiebt dem schlafenden Wolf diskret heimlich eine Tablette ins Maul.

»Damit bist du in zehn Minuten wieder auf den Beinen«, flüstert er ihm zu. »Viel Glück!«

Dann hilft er seinem Vater auf die Beine, und sie laufen zurück zum Pick-up.

KAPITEL 14

Im Abysses-Schluchtenwald kommt Träumer zu Mozart zurück, der langsam erwacht. Der Löwe streicht mit seiner Pfote über das Fell seines »Bruders«, wärmt ihn mit seiner Zunge … Er wird ihn nicht im Stich lassen!

In ein paar Kilometern Entfernung parken Alma und Eli, überrascht vom GPS-Signal, vor einem Restaurant. Ungläubig gehen sie hinein. Eli, der sein Handy vor sich hält, geht mit seiner neuen Komplizin zu zwei Kunden an der Bar: Allan und Rapha.

»Wo ist mein Wolf?«, fragt der Forscher direkt.

Auf dem Rücken von Allans Hemd sind kleine Blätterreste und Moos, sein geschwollener Knöchel liegt in einer Eiswanne, aber er spielt den Ahnungslosen.

»Ein Wolf? Ich weiß nicht, was Sie meinen …«

»Mein GPS-Signal ist sehr deutlich«, antwortet Eli knapp.

Beschämt zieht Rapha das Halsband aus seiner Tasche.

»Ja, das liegt daran …«, improvisiert Allan. »Mein Sohn und ich haben es am Straßenrand gefunden und da Rapha alles Elektronische liebt … Nehmen Sie es, wenn es Ihnen gehört!«

Eli nimmt das Halsband ohne ein Wort zurück. Er tauscht einen bestürzten Blick mit Alma aus und sie verlassen das Restaurant.

»Was ist los mit dir?«, schimpft Allan mit seinem Sohn. »Ist dir klar, was wir riskieren?«

»Ich weiß …«, stammelt Rapha. »Ich… Ich muss mal aufs Klo!«

Und er lässt seinen Vater zurück, um durch die Toiletten

zu fliehen und Alma und Eli einzuholen, bevor es zu spät ist.

»Warten Sie! Ich kann Ihnen helfen!«, ruft er ihnen auf dem Parkplatz zu.

»Wie meinst du das?«

»Ich weiß, wo der Wolf ist!«

Die beiden jungen Leute schöpfen plötzlich wieder Hoffnung.

»Aber was wird dein Vater dazu sagen?«, fragt Eli, als der Junge auf den Rücksitz des Wagens klettert.

»Ist mir egal!«, sagt Rapha. »Fahren Sie los. Ich werde Sie zum Wolf führen …«

Eine halbe Stunde später führt Rapha Alma und Eli zu dem Bach, in dessen Nähe, Mozart zu Boden gefallen ist. Aber der Wolf ist verschwunden. Und im Wald ist keine Löwensilhouette zu sehen.

»Bist du sicher, dass es hier war?«, fragt Eli.

»Ganz sicher«, antwortet Rapha und hebt die Spritze auf, die noch auf dem Boden liegt.

Alma schaut sich um.

»Sie sind ganz in der Nähe meines Hauses«, sagt sie. »Es ist unglaublich, sie haben es beinahe bis nach Hause geschafft ...«

Doch das Geräusch eines Hubschraubers, der über ihnen kreist, verheißt nichts Gutes.

»Wir werden sie nicht vor der Polizei finden«, stellt sie traurig fest.

Rapha schlägt dann eine umgekehrte Taktik vor: Sie könnten die Tiere zu sich locken.

»Wenn Monster traurig war, habe ich im Zirkus klassische Musik gespielt.«

»Oh ...«, sagt Alma, überwältigt von dieser Anekdote und mit Tränen in den Augen.

»Das Klavier hat ihn sofort beruhigt«, erzählt Rapha weiter. »Er müsste Musik hören ...«

»Ja!«, ruft Alma aus. »Das ist eine großartige Idee!«

Kurz darauf dringt Mendelssohns Musik aus den geöffneten Fenstern von Elis Auto, das ganz langsam auf der Straße im Abysses-Schluchtenwald rollt. Rapha lehnt sich hinaus und ruft: »Monster! Monster!«

Und die Kraft der Musik wirkt. Der Löwe hört die Melodie und lässt sich von den Noten leiten. Plötzlich sieht Alma ihn am Rande der Straße auf einem Felsen stehen.

»Stopp, Eli!«, ruft sie, bevor sie aus dem Fahrzeug springt.

Es ist tatsächlich Träumer, der ihr gegenübersteht und in bester Verfassung zu sein scheint. Eli befiehlt Rapha, die Türen und Fenster zu schließen. Nur Alma kann sich der Raubkatze nähern. Sie spricht sanft zu ihm, schaut ihn liebevoll an und fragt: »Wo ist Mozart?«

Der Löwe dreht seinen Kopf und zeigt ihr den Weg.

»Ich folge ihm!«, gibt Alma Bescheid.

»Okay! Wir warten hier auf Sie!«, ruft Eli aus dem Auto.

Alma folgt Träumer zwischen den Bäumen. Plötzlich nehmen sie einen Weg, den sie gut kennt, und der führt zu …

»Meine alte Hütte!«, ruft sie aus, als sie den Zufluchtsort ihrer Kindheit betritt, den das Schicksal nun zu dem ihrer

Schützlinge gemacht hat. »Ist das der Ort, an dem dein Bruder Zuflucht gesucht hat?«

Mozart liegt am Boden, geschwächt, aber sehr glücklich, seine zweite Mutter wiederzusehen. Er leckt Almas Gesicht; sie weint und lacht und ist erleichtert und überglücklich. Die junge Frau macht kehrt und eilt zu Eli und Rapha.

»Mozart ist hier, ganz in der Nähe!«, verkündet sie. »Ich habe ihn mit Träumer zurückgelassen. Wir müssen …«

»Sie gehen mit meinem Löwen nirgendwohin!«, unterbricht sie plötzlich eine Stimme.

Allan Elreve steht bedrohlich zwischen den Bäumen und zielt mit seinem Gewehr auf sie. Er hat sie gefunden, weil er das Handy seines Sohnes geortet hat.

»Lassen Sie mich das machen«, sagt Rapha zu Alma und Eli, die ihn zurückhalten wollen.

Der Junge stellt sich in trotziger Haltung vor seinen Vater.

»Komm her, mein Junge! Es ist vorbei«, sagt Allan.

»Nein, ich werde dir nicht mehr folgen, Papa. Ich möchte nicht mehr, dass du die Tiere misshandelst. Ich hasse dieses Leben!«

Der Dompteur ist völlig fassungslos: »Alles, was ich getan habe, war für deine Zukunft. Und ich dachte … du wärst glücklich!«

Die Wut weicht der Trauer und Rapha schmiegt sich in seine Arme.

»Ich wollte dich nicht enttäuschen, Papa. Und ich bin erleichtert, dass ich dir endlich die Wahrheit gesagt habe.«

»Okay, mein Großer. Wir fahren nach Hause«, sagt sein Vater. »Wir werden eine neue Attraktion finden …«

Während sie sich entfernen, winkt Rapha seinen Begleitern zu, um ihnen viel Glück zu wünschen.

In diesem Moment kommt ein Motorengeräusch näher. Die Polizeifahrzeuge werden jeden Moment hier sein.

»Ich kümmere mich um Mozart und Träumer«, sagt Alma zu Eli, der sich beeilt, sein Auto zu starten. »Sagen Sie Joe, er soll mich beim Zauberbaum treffen. Er wird es verstehen!«

KAPITEL 15

~

Die bewaffneten und behelmten Polizisten in Schutz-
kleidung sind in kleine Gruppen aufgeteilt, um den
Wald besser durchsuchen zu können. Ein paar Männer
umringen Almas Hütte. Im Inneren hält die junge Frau den
Atem an …

Der Teamleiter gibt das Signal. Plötzlich öffnet ein Polizist
die Tür. Doch zu seinem Erstaunen ist das Innere der Hütte
leer! Von Wolf und Löwe keine Spur.

»Wir gehen in Richtung See!«, befiehlt der Einsatzleiter.

Als die Polizisten weitergehen, lacht Alma. Sie folgt
Träumer und Mozart durch den geheimen Tunnel, der sich
hinter einer Wand ihrer Hütte verbirgt. Sie hat den
Durchgang rechtzeitig geschlossen!

Der Wolf bewegt sich mühsam vorwärts, Alma ermutigt
ihn mit warmen Worten. Das Sonnenlicht scheint an einigen Stellen in den Tunnel und führt sie zum Ausgang.
Träumer erreicht ihn zuerst. Sein mächtiger Körper zwängt
sich hinaus ins Helle … durch die enge Aushöhlung im
Zauberbaum!

Alma schließt sich ihm mit Mozart an. Von hier aus kann sie ihr Haus auf der anderen Seite des Sees sehen. Doch plötzlich verfinstert sich ihr Gesicht.

»Wo ist Joe?«, keucht sie und stellt panisch fest, dass sie ihn nicht in seinem Boot ankommen sieht.

Stattdessen sieht sie die Polizisten, die sich entlang des Ufers verteilen.

»Wir haben keine andere Wahl. Wir müssen vor ihnen wegschwimmen«, warnt sie ihre beiden Freunde.

Mozart rennt zum Ufer, bereit, ins Wasser zu springen, aber Träumer hält an.

»Du musst deine Angst vor dem Wasser überwinden«, fordert Alma ihn auf. »Komm schon …«

Der Löwe brüllt und schüttelt den Kopf.

»Sie werden dich töten, Träumer. Folge uns!«, bittet Alma ihn.

Die Silhouetten der Polizisten sind nun deutlich zwischen den Baumstämmen zu erkennen.

»Ich weiß, du willst uns verteidigen, aber wir werden es zum anderen Ufer schaffen, alle drei …«, versucht Alma es ein letztes Mal. Vergeblich.

Der Löwe kehrt langsam um und geht nach einem letzten Blick in den Wald.

Alma zieht zitternd ihre Stiefel aus und begleitet Mozart ins Wasser. Sie beginnt zu schwimmen und starrt auf einen Punkt, ihr Haus, am Horizont. Ihre Bewegungen sind mechanisch. Sie hört Schüsse, schwimmt aber trotzdem weiter und folgt Mozarts Spuren. Schließlich erreichen sie das Ufer.

Auf der gegenüberliegenden Seite sind Joe und Eli gerade am Zauberbaum angekommen und stellen überrascht fest, dass dort niemand ist. Plötzlich ruft Eli:

»Alma ist auf ihrer Insel, auf dem Bootsanleger, mit Mozart!«

»Und Träumer?«, fragt Joe.

Die beiden Männer suchen nach dem Löwen, sind immer besorgter, als in der Ferne Schüsse ertönen. Minuten vergehen.

Vor ihrem Haus verliert Alma alle Hoffnung. Sie streichelt Mozart und sucht nach Worten, wie sie ihm erklären kann, dass Träumer nicht zurückkommen wird. Sie scannt den See, die umliegenden Bäume ... Und plötzlich raschelt es hinter ihr im Gebüsch. Der Wolf stürmt in die Richtung. Träumer taucht zwischen den Farnen auf, seine Mähne ist nass und er schnaubt! Er ist den Polizisten entkommen und ist dann auf die andere Seite geschwommen.

»Du hast es geschafft! Du bist geschwommen!«, ruft Alma begeistert aus.

Auf dem anderen Ufer stößt Eli einen lauten Siegesschrei aus. Joe applaudiert, und Alma vergießt angesichts der Wiedervereinigung der beiden Brüder Freudentränen.

Epilog

~

Heute Nachmittag findet auf Almas Insel ein Konzert zugunsten von misshandelten Tieren statt. Freunde, Nachbarn, Förster, Charles, Eli, Herr Mitchel und Joe sind gekommen, um ihre Lieblingspianistin zu hören.

Unter dem Beifall der Zuschauer geht Alma auf den Bootsanleger, wo ihr Klavier steht, und sagt: »Danke, dass Sie alle gekommen sind. Ich denke, mein Großvater wäre sehr stolz …«

Joe lächelt seine Patentochter liebevoll an.

»Als Träumer und Mozart in mein Leben getreten sind«, so Alma weiter, »hörte ich auf mein Herz und wollte sie beschützen. Doch dieser Löwe hätte weiterhin in der afrikanischen Savanne leben sollen, und dieser Wolf mit seiner Mutter im Wald. Sie gehören in die Wildnis. Trotz allem, was sie wegen uns Menschen erlitten haben, haben sie uns eine wunderbare Lektion in Sachen Toleranz und Freundschaft erteilt. Ihnen widme ich dieses Konzert. Ich widme es der Freiheit, die ein Grundrecht der Tiere bleiben muss.«

Im nahen Wald balgen sich Mozart und Träumer und springen zwischen den Bäumen hin und her. Frei und Komplizen, vereint auf dieser magischen Insel, zu den Klängen von Almas Klavier.